숲이 있어 길도 있다

숲이 있어 길도 있다

초판 1쇄 | 인쇄 2019년 4월 18일
초판 1쇄 | 발행 2019년 4월 25일

지 은 이 | 김인태
펴 낸 이 | 권영임
기획편집 | 조희림
책임편집 | 권영임
디 자 인 | 여현미

펴낸곳 | 도서출판 바람꽃
등 록 | 제25100-2017-000089
주 소 | (03387) 서울시 은평구 연서로22길 16-5, 501호(대조동, 명진하이빌)
전 화 | 010-7184-5890
팩 스 | 070-7314-6814
이메일 | greendeer@hanmail.net

ISBN 979-11-962706-5-0 03810

ⓒ 김인태

값 9,000원

이 도서의 국립중앙도서관 출판예정도서목록(CIP)은 서지정보유통지원시스템 홈페
이지(http://seoji.nl.go.kr)와 국가자료공동목록시스템(http://www.nl.go.kr/kolisnet)
에서 이용하실 수 있습니다.(CIP제어번호: CIP2019014704)

숲이 있어
길도 있다

김인태 시집

"너, 인생이 뭔지 아니? 그냥 목적지 없이 걷는 거야. 물론 걷다 보면 길을 잘못 들 수도 있고, 때론 물가에 빠져 허우적댈 수도 있지. 하지만 계속 가다 보면 그곳에 웃고 서 있는 네 자신을 발견하게 될 거야. 누가 아무리 네 다리를 걸어도 그냥 걷다 보면 목적지가 나와. 때론 너에게 달려들어 우는 사람들도 있을 거야. 그러면 덜컥 안아줘 봐. 그게 인생이야."

대학교 일학년 신입생 시절에 대학 선배가 했던 말입니다.

"그냥 걷다 보면 안아 줄 사람이 있다고? 그냥 안아 주라고? 내 가슴속에 폭탄이 있는 거 같아. 언제 터질지 몰라. 그래서 잠도 오지 않고 안아 줄 수도 없어" 하고 말하고 싶었지만 선배의 철학적 멘트에 감히 답변하지 못하고 속으로만 삼켰던 기억이 있습니다.

선배의 화두가 살아오는 내내 제 가슴을 지배하여 왔고, 아직도 그 답을 찾지 못하고 있지만 어렴풋하게나마 보이는 실오라기 한 점 한 점을 엮다 보니 한 권의 시집이 되었습니다.

우리 앞에는 수만 년 동안 온 우주가 기지개를 켜 왔지만 그 생동하는 힘에 대하여 한결같은 감동을 느끼지 못하고, 나이가 들어가면서 설렘과 떨림의 감정들이 메말라 가고 있는 것은 왜일까요?

세상에 존재하는 흙과 먼지, 하늘, 바람, 산과 바다, 심지어 우리가 사용하는 도구에 이르기까지 이유 없이 이 세상에 존재하는 것은 없습니다. 다만, 우리가 속도와 개발 만능의 시대에 살면서 이들을 공존의 대상이 아닌 지배의 대상으로만 보아 왔기 때문에 그 소중함을 모르고 있었던 것은 아닐까요? 이제는 존재의 빛에 말을 걸어 볼 때가 아닌가 합니다. 그러다 보면 부지불식간에 존재의 빛이 항상 우리 곁에 있어 왔음을 느끼게 되리라 생각합니다.

부족한 이 책을 통하여 하늘과 땅 그리고 자연이 품고 있는 우리 한민족의 근원적 힘과 존재의 비밀을 조금이라도 느끼실 수 있기를 간절히 소망합니다.

또한, 많이 부족한 글이 책으로 나올 수 있도록 지도편달 해주신 전라북도문화관광재단 이병천 대표님과 기꺼이 해설을 허락해주신 전북대학교 국문과 김익두 교수님에게 깊은 감사와 존경을 보냅니다.

김인태
2019년 4월

차례

2부 _ 여름

3부 _ 가을

4부 _ 겨울

한민족 근원사상의 뿌리로부터 추구되는
천지인 합일에의 꿈과 실현에의 지난한 여정 (**김익두**)

1부

봄

팔십억 개의 세계

태초에 둘이 있었다

아담의 세계
하와의 세계

둘의 세계 서로 연결되어
또 다른 세계가 열리고
무수한 시간 속에서
헤아릴 수 없는 세계들이
대지 위에 자리 잡았다

신비로운 세계들은
존재의 빛을 만방에 퍼트려
조화로움 속에서

하늘을 숭배하며 살았도다

왜 하나의 세계를 만들려
그리 애쓰는가
얼마나 지루하고 삭막한
세상인지 정녕 모르는가

다른 것은 다르게 놔두자

하나의 세계가 아닌
팔십억 개의 세계가 있다면
신성이 임재한 세상은
스스로 열릴 것이니

희망꽃

시꺼먼 구름과 가녀린 햇빛
서로 눈짓하며 은혜를 전하건만
오락가락 얄궂은 가랑비에
어찌 할 바를 모르는 기다림

진리는 위장막 속에서
기다리다 지쳐 울고 있으나
조급함만 성을 내고 있구려

땅속 깊은 정성을 모아
구름 속에 흩뿌린 물방울은
생명들에게 피를 선사하기에
축복 속에 받아들이면 될 것을

열자 닫힌 가슴을
피를 돌게 하자

막혔던 혈관 속으로
불안이 엄습하는 곳에
희망꽃이 피어나도록

새싹의 말

비바람이 없는 항해는
지루하기만 하고
시련이 삶을 키운다 하지만
막상 겪어보니 힘들더이다

세상에서
가장 무거운 짐은 마음에 있어
비우기만 하면 된다지만
막상 그곳엔 아무것도 없더이다

밤새 몰아친 눈 폭풍으로
꽁꽁 얼어버린 땅속에서도
새 생명은 피어나기에

새 하늘 새 아침에는
힘차게 외쳐 보렵니다

살아보니 별것 없더라

살다 보니 살만 하더라

그렇게 살아가 보렵니다

할미꽃

차디 찬 바람 한 움큼
구름 속을 뚫고 내리는
봄 재촉 마지막 겨울 비

바랜 잔디밭은 메말라 있지만
땅속 생명은 어머니 젖가슴을
깊숙이 빨아들이고

겨우내 통통하게 살 오른
게으름은 참지 못하고
태양을 바삐 쫓는다

저기 성급하게 마중 나온
깊은 숲 할미꽃
한밤중을
어찌 견디시려는지

못된 바람 저리가라

행여 털끝 하나라도 건들면

울 할배 노한다

또 하루

희미한 별빛을 뒤로 하고
여명은 예외 없이 찾아와
햇살 실오라기 한 올 한 올
깊은 잠 세포 하나하나에
시간이 되었다 말을 걸기에
달콤했던 꿈 잠시 접어두고
하늘을 향해 일어나본다

아내와 두 딸
세상모르게 꿈에 빠져 있고
짐짓 헛기침을 해대자
이불을 끌어 당겨
더 깊이 들어가는구나

회사 가는 길
모두 다 분주히 움직인다

이어폰에 흥얼거리는 여학생
차량 속에서 하품하는 신사
마스크로 온 얼굴 가리고
수줍게 걷는 그 처녀

오늘은 어떤 일이 기다리고
누가 기쁨을 전해줄까
온갖 상상 속 발걸음 곁에는
네 잎 클로버가 인사를 하고
거대한 아파트 숲 사이로
까마귀 형제가 날아간다

그렇게 기쁨은 도처에 있건만
어디를 헤매고 있는가

잊지 말자

세상에 이유 없이
던져진 것은 없다는 것을

잊지 말자
받아들여 소중히 쌓는 것이
곧 삶이란 것을

연기 緣起

먼 산 말 없는 유혹
한달음에 다가서는 메아리

시베리아 폭풍 생채기를
감싸 안는 끈질긴 생명력

동토 속 새싹 긴 잠 뒤로
살풋한 봄 그림자

잔치는 이미 시작되었다
눈치 채지 못하고 있을 뿐

무거운 봄 내음

산은 무겁고
바다도 무겁다

기지개를 펴려 하자
무겁게 짓눌러온다

남쪽에서 불어온 봄바람 눈짓에
두 팔 벌려 하늘새 보듬으려 하나
겨우내 포근하게 감싸주던
두터운 이불의 무게가
한없이 짓눌러온다

햇빛은 무겁고
하늘도 무겁다

그리움은 그리움대로

달램은 달램으로 남겨놓고
다시 깊은 잠 속으로 들어간다
세상 속 먼지의 두께가
모두 사라질 때까지

새싹 기르기

정해진 길로만 걸었네
한눈팔지 않고 걸었네
목적지는 없었지만
이 길이 갈 길이라 믿고
우직하게 걸었네

어느 비 오는 날
다른 길을 걸을 수도 있다고
누군가 계속 속삭여오네
갈 길이 아니라고 외쳐도
그리 갈거라 그러네

정해진 길은 없다지만
속삭임은 귓전을 맴돌며
심연 속의 새싹에
쉬지 않고 물을 주네

어찌 해야 한단 말인가
가지 않으려 했지만
그들이 길을 닦아주니
가야 할 길이 되어가네

기왕 걸어야 할 길이라면
뒤돌아보지 말자
힘찬 발걸음을 내딛어
먹구름을 깨끗이 걷어내자

봄바람

낮의 온기와 밤의 냉기가
변덕스럽게 교차하는 5월
송홧가루 안개로 온 세상이
뒤덮여 있구나

신성을 간직한 자연은
연막 안에 숨죽여
얼굴을 드러내려 하나
심술궂은 봄바람은
어디 숨어 자고 있는가

시공時空을 품고 있는
우주의 비밀은
숨길 수 없는 것이라네

잠은 충분히 되었다

거센 바람 날려다오

진리의 맨 얼굴을

영접할 수 있도록

목동 1

고속도로 옆 무논에선
검게 그을린 농부가
이앙기 타고 모내기를
지휘하고 있고

논바닥 깊이 갓 뿌리내린
모종들은 깊은 숨 내쉬며
겨우내 쌓인 스트레스를
모두 날리려는 듯
서로서로 어깨춤을 춘다

고개 높여 하늘을 쳐다보는
농군은 두 손 모아
가마솥 열기 품은 햇살과
달빛 머금은 밤이슬 사이에서
무사히 견뎌주길 기도드린다

이제 남은 것은 기다림뿐

기다림은
새 생명을 틔우는 발효과정이니
흔들리지 말고 목동의 길로
나아가자

무지개

거센 비바람을 몰아낸
창공의 입김 속에 피어나는
가깝게 먼 무지개

대홍수에서 건져 올린 기쁨을
잠시 건네주고 사라져간다

하늘 뜻 전해주는
사자使者를 쫓아내는 시대
구원의 메시지는
어떻게 간직할 것인가

혈관 속을 맴도는
수선화의 나팔 소리를
몰아내고

단 한 번만이라도

일곱 색깔 소리에

귀 기울여 보자

구름아 구름아

검은 구름이 쏟아 내린
슬픔들을 뒤로 하고
온갖 소원을 품고 있는
흰 구름아

가던 길 멈추고
나에게 잠시만 전해다오
희망가를 부를 수 있도록

저녁녘 붉은 구름아
시간을 머물게 해다오
내 소원 곱게 빚어
너에게 전할 수 있도록

외로운 떠돌이 구름아
바람 타고 멀리 멀리

근심 걱정 모두 실어
연옥의 강에 가두어다오

역사의 흥망성쇠를 간직한
너의 지혜를 빌려다오
아픔을 넘어 결핍을 넘어
손잡아 끌 수 있도록

5월

구름 한 점까지 지워버린
5월의 하늘을 바라보자

자세히 보면
어머니 얼굴이 보이고
삼칠일 참아 낸 곰이
천신을 품에 안고 있구나

수억 년 신화를 숨겨두고
간절히 기도하는 이에게
비밀의 열쇠를 은밀하게
내어주는 청아한 하늘

소중하게 간직한 꿈을
머나 먼 창공에 던져보자

은폐되어 있던 길은
벼락처럼 찾아오고
불안 속에서도
님은 폭풍같이
그 얼굴을 내밀 것이니

정읍천井邑川

아득한 시간을 품고
쉼 없이 흐르는
생명의 물줄기

행상 나간
남편 기다리던
여인의 눈물은
샘이 되어
물결을 이루니
어찌 그곳에
발을 담그랴

최치원의 학덕과
정극인의 절의가
나누었던 대화는

정읍 현감 이순신
녹두 장군 전봉준
기개 속으로
큰 내川를 이루었네

여보게나 잊지 마소

그대 또한
샘고을의 물방울
묵직한 걸음 남겨보세

사랑으로

너무 쉽게 부르지도
외면하지도 말아주세요
힘들 때 옆자리만 내주면
조용히 찾아가겠습니다

참으로 세상은 내 이름을
쉼 없이 불러왔지만
마음으로 부르지 않았기에
감히 다가서지 못하였습니다

언제까지 껍데기로만
살아야 하나요

보살핌은 또 다른 이름이니
나의 범역犯域에 들어오시려거든
가식 품은 옷 다 벗고

간절함만 가져오세요

2부

여름

가려진 하늘을 보며

희뿌연 연기로 가려진 하늘
얼굴을 내밀려고 하나
공백을 허용치 않는 장벽에
막히고 마는구나

별이 있어야 할 자리
달이 있어야 할 자리
모두 다 가리었기에

그 자리를 지우고
달과 별을 그려 넣고 싶지만
여백은 잊힌 지 오래고
행성은 길을 잃고 말았다

공백은 공백으로
놔둘 수 있는 시대는

언제 오려나

축축한 하늘은 어제처럼
한여름 밤을 적신다

개미자리

보도블록과 아스팔트 갈라진 틈
6월 태양빛에 달궈진 열기에도
푸른 잎 사이로 꽃망울을 터트려
개미들에게 피난처를 마련해주고

하이힐 멋쟁이 아가씨 굽 빠질라
벌어진 구석구석 틈새마다
파란 이불솜을 깔아놓았구나

그대 왜 뜨겁다 못해 펄펄 끓는
열기 속에 자리 잡았는가

도시 전체가 용광로에 쌓여 있을 때
개미무덤을 개미자리로 바꿔주는
그대 안에 하늘땅이 서려 있도다

모든 열기 힘겹게 온몸에 받아
생명의 땅으로 전해주는
외로운 파수꾼이여

오늘도 내일도
그대 위한 작은 그늘이
되어 드리겠나이다

가위눌린 잠

머리 두 개 달린 뱀이
온몸을 조여 오며
혓바닥으로 양쪽에서
얼굴을 핥아온다

풀어내려 힘을 쓸수록
가늠할 수 없는 힘으로
숨은 더 막혀오고
눈동자 속 핏발은
터질 듯이 부푼다

쏟아지는 빗방울에
잠시 한눈파는 사이
큰 칼로 내리치자
두 마리가 되어
총총 사라져간다

길고 긴 밤

뜨거운 7월
깊고 긴 밤

맘속 열정
쏟고 싶으나

찾아오는 이
하나 없다

소리 탐구

또각 또각 또각
늦은 밤 뒤따라오는
구두굽 소리

철컥 철컥 철컥
외딴 간이역
기차 바퀴 소리

쩌엉 쩌엉 쩌엉
지하에서 맴도는
되울림 소리

쏴아 쏴아 쏴아
귓전을 스치는
폭풍우 소리

세포 마디마디마다

전율이 덮쳐오는 소리들이

어찌 경악스럽지 않겠냐만

때로는

달콤하게 속삭이는

목소리가 더 무섭단다

마음을 긷다

새벽 비가 몰아치는 날
종이학을 접어 창가에 올리고
정성껏 기도해보지만
그대 마음 잠겨 있고
짐작할 바 전혀 없다

한때는 눈빛만 봐도
읽어낼 수 있었던 그곳
이제는 철벽으로 휘감은 듯
꽁꽁 감춰버렸구나

마음을 채굴하는 것보다
어려운 일이 어디 있을까

그대여
켜켜이 숨겨놓은 마음을

채굴하지 않고

정성껏 길어낸다면

그 심연 한 번만이라도

보여주시렵니까

성장통

삶의 무게가 버거워
온몸을 짓누를 때면
살며시 어깨를 내밀던
그대는 어디로 갔나요

함께 나누자던 약속은
어두컴컴한 빗물 속으로
사라져버렸고

천둥번개가 울부짖을 때
흙구름을 가르며 오신다던
황금빛 마차도 기약 없는 밤

기억거울이 깨질 때까지
벌거숭이 눈물로
언약의 촛불을 지킬 테니

부디 잊지만 말아주오

그리움 전할 자리

바퀴가 돌고 돌아
고향에 다다를 수 있는 이유는
바퀴와 두 축 사이에
간격이 있어 그렇다네

달빛 어린 창가에서
고요함을 품을 수 있는 이유는
달과 지구 사이에
소망을 담아 보낼 수 있는
공간이 있어 그렇다네

여름 한낮에 태양빛 몰래
사랑가를 전할 수 있는 이유는
마음과 마음을 이어줄
다리가 있어 그렇다네

너무 가까이 있어 상처주고

너무 멀리 있어 잊히기에

그리운 사이가 난 거리를

관계가 머물 자리로

가꾸어보세

어떤 잉어 한 마리

전주천변 우레탄 길에 누워 있는
팔뚝만한 잉어 한 마리
땅바닥에 누워 눈만 끔뻑인다

한여름 낮 헤엄치다 지쳐
세상 구경 나왔느냐
강태공에 끌려가다
도망 나왔느냐

어찌 복도 없는 놈인지
펄펄 끓는 우레탄 열기에 놀라
애처롭게 펄떡이고 있구나

달리다 잠시 지나쳤지만
처량한 눈빛 잊지 못해
길을 되돌아 냇가에 풀어주니

인사도 없이 사라져버리네

재수 없는 날
오늘 내 신세도
마른 땅 위 물고기 같거늘
위로해주는 이 없으니

님이시여
잠시나마 하소연 좀 들어주소
그렇지 않으면
우레탄 열기를 온몸으로 맞서
한없이 기다리리

고통스런 기도

고통이 엄습해오기에
오지 말라 문을 닫았더니
슬그머니 뒷문으로 와버렸다

아프다 아프다 하니
참으라 하여 그래 보았지만
세포 구석구석까지
침투해버린 고통에
비명을 지르고 말았다

하염없는 눈물로
아픔을 닦아내라 하여
쥐어짜며 울었더니
눈만 퉁퉁 부어버리고
통증만 스멀스멀 하더이다

님이시여

쉬이 가면 아니 되나이까

혹여 그대 마음 한켠에

미안함이 자리 잡고 있다면

고통스런 가시밭길 위로

망각의 이불이라도 깔아주소서

해를 우러르며

뜨거운 태양은 몸속의 피가 되어
순환을 시작한 지 언제인지 모르지만
넘치던 열기는 아직 식지 않았기에
오늘도 희망을 그려 봅니다

장구한 시간 속에서
제 몸 쪼개어 나눠주기 바빠
점점 사그라들고 있다는 사실도
몰랐습니다

높은 것은 낮은 곳으로 흐르듯이
태양의 후예인 나의 열정도
어느 곳으로든 흘러는 가겠지요

시들어가는 마음에 불을 지피려
오늘도 아네모네 꽃을 품고

속절없는 기도를 올려봅니다

저 하늘에 애틋한 불꽃을
소중히 간직하여 다시 돌려드리오니
태곳적 순수한 마음만 가득 담아
다소곳이 비춰주소서

불가마 속에서

아스팔트 타이어 자국에
원망은 화살이 되어
가슴속에 박히고

숲 속 나무들은 열기를 보듬어
쉴 곳을 드리워주지만
고맙단 이 하나 없다

숨을 막는 불타는 고통은
삼감이 없기에 그리한 것을
알고나 있는지

그저 받은 것을 그대로
돌려줄 수밖에 없는데
아우성만 높아가네

잠시 눈 감고

하늘과 땅의 한숨 소리에

귀 기울여 보라

전율이 심장을 타고

그대에게 손짓하리라

님과 함께

펄펄 끓는 태양 열기와
폭풍우를 막아주는
포근한 이부자리 속에서
긴 잠 뒤로하고
수줍게 고개를 내밀어

하늘 뜻 닿고자
두 팔 벌려 보지만
이리가라 저리가라
좌우로 흔들기에
힘든 밤 견뎌왔고

조금도 움직일 수 없어
뿌리박은 곳에서
온몸으로 순응하며
이 자리를 지켜왔도다

못생겼다 탓하면

못생긴 것이고

지조 없다 탓하면

지조 없는 것이지만

님의 뜻 따랐음을

지족知足의 마음으로

헤아려주소서

천둥소리

하늘 무너질라
천둥소리에 시름은 깊어가고
짙은 구름 속 벼락 맞아
온 세상은 눈물 흘리며
바짝 누워 있구나

긴 세월을 두고
깨어나라 소리쳐 왔건만
무엇이 그리 두려워
바짝 엎드려 있는가

굵은 장대비 속을 헤치며
힘겹게 하늘 끝까지
오르고 있는 나비 뒤로
무지개는 쉬어 갈 계단을
차곡차곡 마련해준다

눈을 크게 떠보자
가시밭길 속에서도
번뜩이는 희망이 태어나기에
천둥 빗속을 힘차게 날아보자

미스터리

알 듯 모를 듯
다가오는 관계 속에
숨죽여 들어가려 하지만
꽉 막힌 문틈 사이로
실낱같은 빛줄기만 닥친다

그곳은 언젠가
가봐야 할 성지이기에
희망의 끈을 놓지 않고
오늘도 조심스럽게
주위를 배회한다

아!
이토록 어렵단 말인가
그대 얼굴 한 번이면 되는데
몸짓 그림자라도 스쳐지면

계시를 읽을 수 있는데

그냥 기다리자
비밀은 비밀로 놔두자
미스터리 없는 세상
무슨 재미로 살까

심술가

그대 심술 하늘 닿아
구름 한 점까지 날리니
수심 깊은 생명들은
목이 말라 아우성친다

먹빛 하늘 언제인고
기억조차 가물치니
눈물로 기도하나
세상 물기 진즉 말라
쥐어 짤 수 없는 신세

부끄러움 잃어 버려
호통도 필요 없음에

놀보 심술 그만두고
형수 주걱 볼싸데기

백 번 천 번 맞을 테니

심흑색深黑色 구름 모아

물벼락만 뿌려주오

영원의 노래

비바람 치던 어느 날
갑자기 찾아온 그대
부드러이 안아주다
그냥 가버리더이다

불타는 하늘
아홉 명 천사가 노래할 때
돌아오겠단 말만 남기고
가시었나이다

긴 한숨 늘어가고
주름살만 바둑판처럼
겹겹이 쌓여가는데
그날은 오지 않고

탐욕으로 가득한 세상

핏발 선 눈빛만 가득한 세상
저 섬뜩함
쉴 새 없이 조여 오건만
도대체 언제 오시렵니까

오지 않으셔도 좋습니다
기다림은 또 다른 약속이니
그 영원한 날을 위해
무릎 꿇고 노래하겠나이다

단심가

흔들리는 바람소리에
가슴은 피멍 들고
떨어지는 낙엽소리에
눈물만 흐른다

가까이 하려
다가서 보지만
바라보는 눈길은
항상 허공 속

굴뚝같은 마음은
외사랑으로 끝나버리고
하염없는 기다림뿐

그대 손길은
양지 속 해바라기만 감싸지만

목동은 황야에서

오늘도 비바람 속을 뚜벅뚜벅

홀로 외로운 님아

은파 물결 위 달 비친 님아
세상 속 간절한 꿈을
소중히 간직하였다가
왜 이제야 비춰주느냐

알록달록 물빛 다리 위
상념 속에 걷고 있는
방랑자여

님은 건너기 전 그가 아니고
지금은 내일의 그대가 아니듯
소중한 꿈을 너무 오랫동안
품에 안고 있었구나

있어야 할 자리는
다 때가 있는 법

비록 뒷걸음 속에 은닉되어
보여주기 힘들지라도

어두운 밤 외로운 님아
그대 마음 알고 있나니
오늘 밤 단 한 번만이라도
그대 얼굴 보여주소서

벌레

이곳저곳 온 구석
한없이 갉아 먹는
내 머릿속 벌레

하이에나처럼
살며시 다가와
다 먹어버린다

분수도 모르고
양심은 어디에
두었단 말인가

욕심 많은 벌레
오늘도 더 더 더
재촉한다

차라리
다 갉아 먹어라
아무것도
남기지 말고
다 갉아 먹어라

텅 빈 머릿속
무無의 자리에
참된 꿈을 가득
채울 수 있도록
모두 비워 버려라

사부곡

고달픈 삶 뒤에 두고
어디로 가셨나이까

갈기갈기 찢긴 채
초점 없는 눈으로
천상천하 유아독존
애타게 외치던 그대

손발톱 다 닳도록
한 줌 한 줌 쌓아 올린
그 탑은 어느 누가
보존하리오

하늘 땅 정기 모아
오롯이 전달하였기에
역사는 계속 되겠지만

어디로 보내오리까

눈물 콧물 속
저려오는 아픔은
잊혀 가겠지만

어제 그랬듯이
붉게 물든 노을 뒤
다시 솟아날 아침 해를
하염없는 떨림 속에서
기다리겠나이다

메아리

한 번도 본 적 없는 얼굴
누이 닮은 얼굴

생각하고 생각해도 까마득한 실루엣
목놓아 불러도 메아리뿐

달리고 달려도 점점 멀어져만 가고
남은 시간이 없기에
조바심만 위태롭게 춤을 춘다

오늘도 피를 토하며 부르는 그 이름

한 번도 본 적 없는 얼굴
누이 닮은 얼굴

3부

가을

황금빛 꿈

어디서 왔는지
어디로 가는지 모르지만
그저 왔다가 가는 바람

아무도 모르게
귓속말 전해주는
지친 그대 위해
쉴 자리 마련해드리리니

수천 년 오롯한 기억으로
같이 웃고 울어 줄
이야기만 전해주오

아니 힘들다면
등만 토닥여주고
내 한숨 받아다가

깊은 바닷속에 던져주소

바람소리에
귀 기울여 본 적 있는가

불안의 순간
귀 기울여보면
망각의 강을 건너는
황금빛 꿈을 들을 수 있다네

숲길

숲은 말없이 길을 내어
나그네 꿈을 이어주고
품속 들짐승들에게
황금가지를 선사한다

그곳엔 아무도 모르는
신성한 세계가 있고
숲의 정령 노랫소리에
충만한 힘들이 깨어난다

숲이 있어 길도 있다

초목이 잠들어 있을 때
맨발로 예감하면서
걸어보자

은혜로운 자연은

쉬고 있는 순간에도

그대 영혼에

불을 붙여 주리라

구름에게 전하는 말

후드득 후드득

꼭두새벽

귀 간지럽히는 소리

어두컴컴 구름 아래

고향 그리운 빗방울은

홀로 제 갈 길 속으로

갈가리 흩어져간다

방울방울 깃든 관심은

여왕벌 드릴 꿀과

스산한 맘 풀어 줄

포도주를 선사하고

지상의 꿈들은

빗줄기 리듬을 타고

구름 속에 올라

새 희망이 영글 때까지

기다린다

구름 구름아

언제나 그 자리를

지켜다오

빗줄기 주룩주룩

하늘 땅 다시

이어 줄 때까지

추수를 기다리며

씨앗은 뿌리지 않아도
하늘의 사명을 대지 속에 간직하여
기다리는 이들에게 선사하기에
박힌 가시만 뽑아주면 될 것을

다급한 마음에 호통으로 짓밟고
똑바로 싹트지 않는다고
서서히 옥죄어 질식시켜버린다

사랑하기에 언제나 돌보면서 가되
자연의 소리에 순응한다면
오롯이 아름답게 피어나고

화창한 날은 화창한 날대로
비 오는 날은 비 오는 날대로
때를 알고 기다려주면

가장 낯선 것이 가장 익숙한 것으로

우리 앞에 펼쳐지리라

민들레 홀씨

저 푸른 만년송 위
솔바람 타고 높고 높게
날아오르는 민들레 홀씨

잔디밭 찾아
돌고 또 돌아보지만
영원히 품어줄
자궁은 보이지 않네

날고 날다 지쳐버리고
죽음만이 기다리고 있는
씨앗 무덤만 아가리를
벌리고 있구나

유혹의 무덤 위
슬피, 슬피 우는 그대여

솔바람 따라 가거라

만년송 품속에서

수만 년 꿈을 펼치면

어머니 터에서

씨앗의 노래 영원하리라

목동 2

어머니의 갈라진 아랫배

덮어주려 활짝 핀 야생꽃

아버지의 시퍼렇게 멍든 가슴

어루만지며 나는 들새들

하늘 땅 이어주는 은행나무에

쉬어 갈 구멍을 쪼는 저 딱따구리

온갖 생명들은 한결같은 소임을

오늘도 바삐 좇고 있건만

보살핌을 수행해야 하는

목동은 무엇을 하고 있는지

묻고 또 물어보자

지금 여기 왜 서 있는지

지중해

검붉은 석회암을 품은 바다가
천 년의 기다림 속에서 울부짖는다

불타는 아비와
온갖 우주를 품은
어미 사이에서 태어난 파도는
대해大海를 향해 달려 나간다

올리브 밭을 스치는 속삭임은
수만 년 세월을 두고 호통치고
뒤 따라 가던 아이들은
제자리로 돌아와 깊은 잠에 빠진다

두보초당에서

천 년 기다림 끝 마주한 님
너무도 편히 잠들어 있구나

가을바람에 초가이엉은
여전히 부서지고 있음을
아시는지 모르시는지

님의 꾸짖음은 허공을 맴돌고
피고름 발자국만 남아 있네

머리 둘 땅 한 평
처자식과 따뜻한 소찬 한상
그리 큰 욕심인지

황금빛 마차 구원의 손길은
기약 없이 기다리고 있건만

영접할 님 언제 오시려나

축제의 날

차디찬 바람에 소스라치게 놀란 아이는
어머니 품속에서 몸서리치고
모든 눈짓들은 순환을 준비하라 하지만
정작 목동은 달콤한 꿈에 갇혀 있다

멀리서 임박해오는 예비豫備는
신성한 몸짓으로 안아주려 하지만
두려움에 떨던 나는 또다시
도망을 가고야 말았다

아득한 터에서 길을 잃고 헤매다
또다시 의미 없는 날갯짓을 하니
심장 한켠 속에 숨어 있는 갈증은
끊임없이 달려가라 재촉하고
들길 속에 숨어 있는 속삭임은
하염없이 손짓한다

정녕 축제의 날은
다시 오기 힘든 것일까?

고향 하늘에 깃들어 있는
천상의 신에게 말을 걸어보자
느리게라도 고동치는 눈짓에
귀를 기울여보자

축제의 날은 시인의 노래를 타고
느닷없이 찾아오기에

가을 나무에게

구름 없는 창백한 하늘 아래
말라 비틀어가는 초목들은
처량하게 늘어져 있고

스치는 바람에도
힘없이 떨어진 잎새들은
먼지 속으로 사라져간다

한때는
온 우주를 덮을 기량으로
무성하게 뻗어 나가더니
이제는 갈비만 앙상한 신세

지금은
겨울을 준비하는 낙락의 계절
간결한 사색을 위해

잠시 거추장스런 옷을 벗었기에

도래할 충만의 시간을 꿈꾸며
침묵 속에 기다려본다

담쟁이 품속

따뜻한 기운을 벗 삼아
폐허가 된 집 위로
슬금슬금 오르더니
번개 소리에 깨어보니
하룻밤 새
집은 어디가고
온통 담쟁이뿐

허름한 벽일망정
감히 허락도 없이
에워싸면 어쩐단 말이냐

한때는 가족을 보살피고
성긴 꿈들을 조각조각 모아
하늘 높이 날라주던
풍요로운 거처였건만

어느새 몰락한 왕국으로
전락하고 말았구나

어스름한 저녁녘
바스락 소리에 놀라 돌아보니
들짐승이 하나둘 귀가한다

그리 깊은 뜻이 있었구나
폐허를 온몸으로 감싸
새 궁궐을 만들다니
담쟁이 니가 진정
생명의 어머니로구나

퇴근길 단상

효자다리 사거리
토요일 오전 이른 시간이지만
승용차 뒤 버스가 걸음을 멈추자
깜박이는 신호등 리듬에 맞춰
차량들이 시냇물처럼 흐른다

바삐 움직이는 차량들 속에서
다양한 꿈들은 영글어가고
유희의 공간으로 떠나는 이들
작업의 공간으로 향하는 이들
목적지는 모두 다르지만
결실의 기쁨을 상상하면서
오늘도 뚜벅뚜벅 달려간다

때로는 사고로
가끔은 이유 없는 막힘으로

고통이 엄습해오기에
숨죽여 누워 있기도 하고
온몸을 다해 저항도 해보지만
당초부터 피할 수 없었던
고통의 문 뒤에 숨어 있는
숙명을 엄숙하게 받아들인다

노을로 붉게 물들어 가는 저녁
귀가 차량들은 차곡차곡 쌓은
하루의 꿈을 싣고 달려가고

가는 거리마다 이정표들이
반가운 얼굴로 맞이해주기에
안식처를 향한 발걸음은 가볍다

빈 의자

오다가다 쉬어가던
그 님은 가셨지만
촉촉한 단풍잎 눈물만이
자리를 지켜주는구려

길지는 않았지만
잠시 나누었던 대화는
바람탑이 되어
외로이 버려질지라도

소중했던 기억은
검붉은 하늘 속
아기별 가슴에 새겨 있어
슬퍼하지 않겠습니다

길고 깊은 겨우내

북풍한설 빗자루 삼아

은반처럼 닦아놓을 테니

지치고 힘이 들 때면

사뿐히 쉬어가소서

만추

촉촉한 가을비 눈물 속에
돌아오겠단 약속만 남기고
떠나간 그대여

눈과 비 해가 쌓여
반백년이 지났거늘
오늘도 적막한 계절만
또다시 쌓여간다

언젠간 오시리라 믿기에
실오라기 한 땀 한 땀
금잔디 벨벳 엮어 내었나니
가벼이 밟고 돌아오소서

구름아 구름아
가며오며 내 님 보거든

발걸음 부여잡지 말고

살며시 눈짓이라도

미리 전해주렴

그대여

거센 바람 불어와
잠시 눈을 감은 사이
스쳐가는 그대를
보지 못했네

흙비가 세상을 뒤덮어
눈을 뜨고도
다가오는 그대를
보지 못했네

흔적도 없이
사라져간 그대여

평생을 찾아
헤매었나니

담에 오시려거든

그 보드라운 입술로

천 년의 기다림 속 상처를

살짝 어루만져주고

떠나주소서

우화를 꿈꾸며

온몸에 묻은 먼지투성이는
장대비로 씻어낼 수 있으나
세월에 쌓인 피부 더덕이는
어떻게 닦아낼 수 있는가

번데기에서 탈바꿈으로
나비가 다시 태어나는 것처럼
세상의 딱지들은 아픔으로
지울 수 있고 새로운 세상은
폭풍 속에서 태어난다

고통스럽겠지만
은폐된 껍데기를 찢어내자

위선과 교만 모두 벗겨내자

벗겨내고 벗겨내어

핏물이 바다를 이룰지라도

진리 앞에 날마다 서보자

세월아 세월아

한 잎 두 잎
바람결에 떨어지는
샛노란 은행잎처럼

온몸에 쌓여 있던
세월의 때도
조각조각 흩어져
바람결에 날아간다

풍요의 어머니께서
다 주신 줄 알았는데
세월만 아니 주셨구나

시간이 흐른다는 건
익어간다는 의미이니
슬퍼하지 말자

저 높은 곳

비밀의 계단을

차근차근 올라보면

멀지 않은 곳에서

구원의 손길과 마주하리라

오색 감나무

아파트 숲 한가운데
홀로 서 있는 저 감나무

가난한 선비 서판 위에
제 잎사귀 다 내주어
애달픈 사연을 전해주고
한여름 밤 열기로 빚은
붉은 아람을 늦서리 즈음
노인네에게 건네준다

있어야 할 곳을 떠나
있으라 하는 곳에서
제 한 몸 다 바쳤건만
감사함은 뒤로 한 채
채근만 당하고 있어
슬프도다

본디 있어야 할 자리에
같이 있어도 외로움은
엄습하는 법

오색 감나무
오늘도 외로이
까치가 올 날만을
기다리네

청개구리

누런 녹색
회색빛 흰색
어두컴컴 갈색

물안개 수몰나무 옹이 속
숨어 있는 나무 개구리

무엇이 무서워 꽁꽁 숨어
비가 오면 색깔 바꿔
그리 슬피 울고 있는지

무서워 마라
슬피 울 것도 없다

떠드렁산 어미 무덤
하늘에서 보살피고

그대 위해 기도하니

당당히 얼굴 내밀어
다가오는 축제일에
무례를 버리고
영혼의 노래를 불러라

낮달과 술 한 병

티끌 없는 새파란 하늘에
찾아 온 하얀 얼굴이
백지장에 도장을 찍은 듯
외로이 떠 있다

무엇이 부끄러워
반쪽 얼굴만 슬그머니
내밀고 있는지

아니면 님 그리워
초저녁까지 기다리지 못하고
반쪽 화장만 하고 나왔는지

님아!
그대 그리워 바삐 나온
그 맘 조금이라도 안다면

신발 양말 다 벗어 던지고

파전에 술 한 병이라도

조그만 쟁반에 내어주세요

동행

위로만 뻗을 줄 알았네
태양빛만 보고
쉼 없이 올라갔네

키 작은 친구들 시들어가고
발밑에 풀 한 포기 없음을
애써 외면하고 있었네

몰랐다고 했지만
다 거짓이었네
모른척하고 살았을 뿐

혼자 남는 세상을
꿈꾸진 않았지만
결국엔 혼자 남을 수밖에

같이 가세

같이 가세

태양빛 함께 나누며

동행 꽃 피워보세

단풍비엔 꿈이 흐른다

내장산 핏빛 단풍터널 속
고요한 바람 리듬에 맞춰
단풍비가 내린다

무엇이 그리 급해
사계절을 함께 이겨낸
어머니 품을
벗어나려 서두르는지

홀로 걷고 있는 그대여
오솔길 붉게 물들기 전에
잠시 우산 거둬주소서

불타는 계절
이리저리 짓밟히더라도
그대 눈 잠시 맞추려

춤을 추고 있나니

발걸음 잠시 멈춰주소서

구절초 눈물

바람에 흩날리는
구절초 향기에 취해
밟아버린 꽃잎
새하얀 비명을 지른다

하기야
아홉 개 마디마다
아픔이 서려야
그 향내 제대로 흩뿌리니
한 번 밟았기로
죽기야 하겠냐만

이리저리 밟히고
꽃잎 꺾어 흩날리니
어찌 눈물 흘리지
않겠는가

매서운 겨울바람과

펄펄 끓는 한여름 속

태양 열기 이겨내고

백옥 같은 꽃잎

아픔 속으로 내밀었나니

시간 나시거든

눈물방울 한 방울

깊게 품어주소서

4부

겨울

눈꽃

온 천지 우윳빛 눈꽃들이
하늘 끝에 매달려
몸을 부르르 떤다

온갖 것들이 가까이 하려 하지만
단호하게 저리 가라 호통치고,
한 걸음 한 걸음 다가 갈수록
하얀 꿈들은 점점 더 멀어져간다

모든 빛들을 튕겨낸 눈꽃들은
어둑한 손길을 뒤로하고
대지의 품으로 안긴다

희망은 위험 속에서 꽃이 피고
두려움이 없는 자들에겐
그 얼굴을 생생히 보여준다

12月

바람치니
오싹오싹

눈발부니
오슬오슬

동장군은
여지없이
다가온다

윤회 소고小考

지나간 길이라 무시하지 마라
한갓 돌 부스러기에도
우주가 담겨 있다네

볼품없다 욕하지 마라
힘겹게 걷고 있는 걸인에게도
역사는 쌓여 있다네

징그럽다 피하지 마라
땅속 지렁이에게도
대지를 돌보는 소임이 있다네

모든 생명은
같은 어머니를 모시고
무생물도 시간 속에서
생명으로 다시 돌아오나니

다르다 책망하지 마라

다른 것은 틀린 것이 아니라

삶에 풍요를 주는 다양성이니

첫눈 첫 눈송이

소리 없이
문득 찾아온 첫눈
순백의 이불 아래엔
침묵만이 잠들어 있다

첫눈 첫 눈송이를 잡으면
소원이 이루어진다 하여
긴 긴 세월 버텨왔지만
결국 올 해도 글렀다

이루어질 수 없는
꿈인 줄은 알지만
매년 소망을 품는 건
허전하여 그러겠지

에라 모르겠다

가망이 없다 하여
꿈조차 꾸지 않으면
어찌 세상을 버텨내려나

내년을 기약하며
오늘도 눈길을 걸어본다

커다란 숲 작은 별빛

햇살과 눈발이 교차하는 한적한 국도 위로
검은 매연을 뿜어가며 내 달리는 사료 트럭과
저 멀리 소식을 가득 담은 우체국 오토바이가
바람소리를 내며 급히 추월해 달려간다

쉬이 열리지 않는 길에 대한 답답함 속에서
배달이 열어줄 새로운 세상 생각으로
그리 서둘러가는 거겠지만
방금 양보해준 내 차는 기억이라도 하려나

세차게 부는 바람에 도로 위를 휩쓴
늦겨울 나뭇잎들은 높이 날아올라
하늘 끝에서 부서지고 봄비 속에 갇힌 채
땅속 깊이 스며들겠지

긴 잠을 뒤로 하고 가을 녘 앙상한 나무 끝에

외롭게 매달려 있는 꿈들 속에는
모래알 같은 내 작은 꿈이 영글어가지만
아직 아무도 말 한마디도 건네지 않네

보잘 것 없는 이를 누가 기억이나 하겠냐만
광활한 땅 끝에 위태롭게 서 있는
자그마한 의심 덩어리를 가슴에 품고
커다란 숲 작은 별빛 속에
숨죽여 들어가고 싶은 하루여

비밀의 문

절대 보지 말아야 할 것
메두사를 보고야 말았기에
돌로 변한 수많은 전사들이여

그대들은 진리를 따랐고
불구덩이에 도사린 위험을
깊은 품속에 간직한 것이니
결코 슬퍼하지 마라

때론 미쳤다는 소리를
들을 수도 있겠지만
미쳤다는 것은 오히려
비밀의 문을 열었다는
증표이니

기꺼이 위험 가득한

비밀의 문을 열어보자

투쟁 없이
창조의 세계는
열릴 수 없는 것이니
맞설 땐 과감히 맞서보자

만경강 철교

만경강변 비비정 아래
고향을 이어주고
첫사랑의 꿈도 이어주던
만경강 철교

결락의 시기를 버텨내고
이제 편히도 쉬련만
잠시 쉼도 뒤로 하고
오늘도 옛 추억을 이어준다

그대여
당신의 역사는
끝나지 않았습니다

은총이 사라진 시대
그대가 있어 다시 세워졌나니

세월의 짐 모두 내려놓고
백 년의 이야기를 전해주소서

희망의 노래

저 푸른 하늘 위
시간이 멈춰 있는 그곳엔
흰 돛단배가 떠 있고

세찬 바람 헤치며
온 힘을 다해 보지만
한 치도 못 가고
제자리만 맴도는 철새들

기다리다 지쳐
울어본 적 있는가?

험한 가시밭길 위에
피투성이 맨발로
긴 세월 기다리고 있는
내 님 맘 알거든

잠시 한숨 돌리고

지친 철새와 희망배가

수이 갈 수 있도록

순풍가順風歌를 불러주오

레테의 강

폭포수처럼 쏟아지는 아테의 꾸짖음에
온 지축이 천지사방으로 뒤틀린다

성스러움과 햇살을 품어온 가슴은
천길만길 깊은 심연 속에 멍들고
희뿌연 담배연기에 지친 눈동자는
하늘만 원망한다

누구를 탓할 것인가
모든 것은 내가 쌓아온 관계 속에서
옥죄어 오는 눌림목인 것을

부숴버리자
천지지간 일말의 눈빛을 뒤로하고
존재의 지평을
혼돈의 땅 끝까지 힘껏 던져보자

아픔이란 또 다른 이름의 약속이니

든든한 대지를 벗 삼아

영원한 레테의 강을

매일 밤 건너고 또 건너보자

길

아무도 가보지 않은 길
그곳은 주인 잃은 길이 아니라
새로운 시작을 준비하는 꿈들이
영글어 있는 길

개벽과 함께 열린 길
그곳은 혼돈의 길이 아니라
깨달음의 보폭을 널찍이
밝혀주는 길

그 길은 항상 앞에 있었건만
오늘도 여전히 길을 잃고
지옥 구덩이로 스스로
밀어 넣고 있을 뿐

천상의 신 나팔 소리가

점 점 희미해지는 시대
눈물만이 영혼을 적시고
세상 속 모든 근심들은
치유의 길을 찾아
헤매고 있구나

그대여
길은 먼 곳에 있지 않다네
눈을 들어도 있고
눈을 내려도 있는 것이라네
단지 필요한 것은
만물에 잠재한 의미를
갈구하는 기도뿐이라네

까마귀

태양의 아들 까마귀
예언의 날갯짓을 펼치자
대지는 경배를 준비하고

독수리 타고 내려와
경이를 선사하지만
흉측하다 흉측하다
작대기만 휘두르네

전신주 위
목 놓아 울며
태양빛을 비추고
생명수를 내려주지만
저리 가라 저리 가라
훠이 훠이 외침에
오늘도 떨고 있구나

슬프도다

신성을 외면하며 사는 삶

받아들이자

축복은 축복으로 받아들이자

추억돌

지나간 옛것은
현재를 밝혀주는 거울
그냥 지나치지 마라

소중한 것은
눈앞에 보이지 않고
장롱 속 깊이 꽁꽁
숨겨져 있느니
먼 곳에서 찾지 마라

버려지는 것은
버려질 것이 아니라네

수천 년 역사가
쌓여 있는 그것은
초월을 준비하는

성스런 예비이니

추억돌을 차곡차곡

쌓아보세

사이, 사이로

아득한 지평선 끝 저 새는
여유로이 하늘을 배회하고
경적 소리에 놀란 고라니는
순식간에 눈앞에서 사라진다

수 맷돌과 암 맷돌이
돌고 돌아 자연의 선물을
선사하는 이유를 아는가

멀리 있어 아름다운 그대
가까이 해야 참됨을
느낄 수 있는 그 둘 사이

사이가 없어 하나가 되면
진리는 파악 될 수 없다네
사이, 사이로 존재의 의미는

선명하게 들어나기에
진리를 밝혀 줄
신비로운 그 사이를
숙고 속에 건너보자

주름

어둑한 어느 초저녁
손등 위로 그려진
밭 전田자 모양을 보고
흠칫 놀라고 말았다

세월의 무게에 눌려
밭고랑이 하나둘씩
온몸에 그려질 때마다
푸른 하늘을 보며
가슴속 짐을 한 개씩
토해 내었는데

동트는 아침
갈라진 온몸을 긁다 보니
손톱 밑에 핏방울이 맺혔다

한숨으로 날려 보내기는
이미 늦었으니 어찌하랴
한 숨 동안 고개를 숙였더니

갑자기 달려와 등에 업힌
막내 아이의 심장 소리에
내 맥박마저 쿵쿵대며
리듬을 맞춘다

다행이다
조각조각 부서진 이내 몸이
밭고랑에 뿌려질 줄 알았는데
너의 살결에서 박동치니
다행이다 그래 다행이다

다시 폭풍 속으로

순수함을 잃어버린 시대에는
모든 것을 계산하려 하고
그 속에서 기쁨을 찾고자 하나
허무함만 남게 될 뿐

호기심을 까마득한 기억으로
남겨둔 사람들은
가장 소중한 것이 옆에 있어도
다른 곳만 헤매게 된다네

흉내 내는 것이 두려워
마음을 감추는 이들은
혼자일 수밖에 없고
짧은 이별만 슬퍼하다가
긴 이별을 맞이하게 되리라
돌처럼 굳은 마음을 깨트리자

거북등처럼 메말라 갈라진

가슴을 다시 폭풍 속으로

자경문自警文

흰 구름 가는 길
몸을 곧추세워
비켜주려 하나
마음은 따르지 않고

새벽녘 이슬 스치는
샛바람이 속삭여 와도
귀를 막아버렸다

자연은 쉴 새 없이
말을 건네 오건만
무엇이 부끄러워
그리 피하는지

부끄러움은
새로운 도약의 발판이니

괴로워하지 말자

바람이 전하는 노래 속에서
부끄러운 영혼을
존재의 빛에 가둬보자

살아 있는 것들에게

시간은 억지로 막을 수 없기에
그래야만 하듯이 놓아준다면
나에게는 없는 것이 되고

천 번을 흔들어도
흔들리지 않는
천근만근 바위는
얼고 녹으며
역사 속으로 사라져간다

그대 아는가

억만년 세월 모두 스러져가고
가장 흐려지는 시간에도
삶은 오히려 선명해진다는 것을

해설 |

한민족 근원사상의 뿌리로부터 추구되는
천지인 합일에의 꿈과 실현에의 지난한 여정
— 김익두(시인, 전북대학교 국문과 교수)

1

이 시인은 천성적으로 참 맑은 영혼을 지녔다. 그의 시를 읽고 있으면 자기도 모르는 사이에 시인의 맑은 영혼에 빠져든다. 우리도 모르는 사이에 빠져들게 하는 순수한 정화력을 가지고 있기 때문이다.

그의 시가 지향하는 것은 언제나 맑게 갠 푸른 '하늘'이다. 그 하늘은 그저 물리적으로 푸른 하늘이 아니라, 우리 민족의 근원신화에 깊이 뿌리 내리고자 하는 방향에서의 '신성한 하늘'이다. 이 점이 시인의 시 세계를 이루는 원형적 동기이다.

다음 시를 보자.

구름 한 점 까지 지워버린
5월의 하늘을 바라보자

자세히 보면
어머니 얼굴이 보이고
삼칠일 참아 낸 곰이
천신을 품에 안고 있구나

수억 년 신화를 숨겨두고
간절히 기도하는 이에게
비밀의 열쇠를 은밀하게
내어주는 청아한 하늘

소중하게 간직한 꿈을
머나 먼 창공에 던져보자

은폐 되어 있던 길은
벼락처럼 찾아오고
불안 속에서도
님은 폭풍같이
그 얼굴을 내밀 것이니

—「5월」 전문

1연에서 시적 자아는 "구름 한 점 없는 5월의 푸른 하늘"을 바라본다. 그런데 2연에서는 하늘을 자세히 들여다보자 하늘 속에서 어머니 얼굴이 보이고, 그 어머니는 자신의 친모일 뿐만 아니라 "쑥 마늘을 먹으며 어두운 굴속에서 삼칠일을 참아내어 마침내 천신 / 하느님을 몸 안에 품게 된" 우리 민족의 신모인 '웅녀熊女'임이 드러난다!

시적 자아가 보고자 하는 하늘은 우리 민족 신화의 근원이자 원형인 '단군신화'의 하늘이며, 그가 추구하는 '하늘'은 바로 우리 민족의 원형적 하늘임을 알게 한다. 그의 시는 처음부터 간단치가 않다.

3연에 이르면 "그 하늘에 간절히 기도하는 이에게, 수억 년 동안 숨겨둔 신화의 비밀을 푸는 열쇠를 내어준다" 여기서 시인이 추구하는 '하늘'에의 지난한 여정의 '열쇠'를 발견하게 된다. 시인은 이처럼 "민족의 하늘에의 간절한 기도"를 통해서 그 하늘이 간직하고 있는 신화적 비밀을 풀어가는 지난하고도 기나긴 탐구의 여정에 오른다.

4연에 이르면 그 꿈을 찾아 머나먼 '하늘'에로의 탐사여행을 시작하여 "소중하게 간직한 꿈을 / 머나 먼 창공에 던져보자"고 노래한다. 이렇게 시작된 그의 탐구 여정은 이제 확신에 찬 심정이 되어 이렇게 토로한다. "은폐 되어 있던 길은 / 벼락처럼 찾아오고 / 불안 속에서도 / 님은 폭풍같이 / 그 얼굴을 내밀 것이니"라고.

그의 시가 꿈꾸고 추구하는 '하늘'은 우리 민족 궁극의 '하늘'이며, 그러기에 그 하늘은 우리 민족이 수천 년 동안 살아오면서 역사 속에서 실현하고자 한 참되고도 간절한 진실의 하늘이다. 그런 '하늘/진실/진리'에로의 길은 오랜 동안의 지난한 역사 속에서 '은폐되어' 있었고, 그 길은 지난하고 불안한 고난 속에서도 마침내 '벼락처럼' 혹은 "폭풍같이 그 얼굴을 내밀 것"이라고 확신하고 있다. 이처럼 도저하고 단호한 신념으로 충만된 맑은 영혼이라는 점이 우선 그의 시를 보는 우리의 눈을 놀라게 한다.

2

이런 '하늘'을 찾아 떠나는 그의 시적 탐구 여정은 먼저 '헤아릴 수 없이' '다양한 세계'의 다양성 탐구에서부터 시작한다.

　다음 시는 그런 그의 출발을 알리는 시다.

　　태초에 둘이 있었다

　　아담의 세계
　　하와의 세계

　　둘의 세계 서로 연결되어
　　또 다른 세계가 열리고
　　무수한 시간 속에서
　　헤아릴 수 없는 세계들이
　　대지 위에 자리 잡았다

　　신비로운 세계들은
　　존재의 빛을 만방에 퍼트려
　　조화로움 속에서
　　하늘을 숭배하며 살았도다

　　왜 하나의 세계를 만들려

그리 애쓰는가

얼마나 지루하고 삭막한

세상인지 정녕 모르는가

다른 것은 다르게 놔두자

하나의 세계가 아닌

팔십억 개의 세계가 있다면

신성이 임재한 세상은

스스로 열릴 것이니

—「팔십억 개의 세계」 전문

이 시는 '태초에는 둘뿐이었던' 인간이 팔십억 명의 인구로 불어나, 오늘날의 세계가 "팔십억 개의 다양한 세계"로 바뀌었다고 노래하고 있다.

이처럼 시인이 추구하는 '푸른 하늘', 푸른 진리의 하늘은 '지루하고 삭막한' 기성논리나 낡은 이데올로기의 '하나의 세계'가 아닌, 모든 인류 각자가 하나의 세계인 "팔십억 개의 다양한 세계"에 "신성이 임재"하도록 하는 신령스러운 하늘이다. 그리고 그런 하늘은 "다른 것

은 다르게 놓아둠"으로써 가능하며, "지루하고 삭막한
하나의 세계"를 강요하여서는 결코 도달할 수 없는 '다
양성의 세계'임을 확신에 찬 단호한 어조로 노래하고
있다.

3

   그러면 이 시인의 시적 진실 탐구의 여정은 어떻게
다양하게 추구되고 있을까? 구체적인 실천 방법은 다
음 네 가지로 나타나고 있다. 첫째, 역사의 인식을 통
한 실천, 둘째, 하늘을 향한 실천적 상승의 방법, 셋째,
사계절의 순환에 의지하는 방법, 넷째, 숲/자연을 통한
방법 등이 그것이다.
   첫 번째 방법은 다음과 같은 정읍지역 역사를 노래한
시에서 분명하게 표현되고 있다.

   아득한 시간을 품고

   쉼 없이 흐르는

   생명의 물줄기

행상 나간

남편 기다리던

여인의 눈물은

샘이 되어

물결을 이루니

어찌 그곳에

발을 담그랴

최치원의 학덕과

정극인의 절의가

나누었던 대화는

정읍 현감 이순신

녹두 장군 전봉준

기개 속으로

큰 내川를 이루었네

여보게나 잊지 마소

그대 또한

샘고을의 물방울

묵직한 걸음 남겨보세

—「정읍천井邑川」 전문

김인태의 이 시는 그가 그저 한낱 추상적인 꿈을 꾸는 시인이 아님을 말해준다. 역사라는 큰 물줄기를 놓고, 그 속에서 정읍이 이루어온 여러 대표적인 역사적 인물과 사건들을 인식한다. 백제 유일의 현전 가요 「정읍사」, 남북국시대 말기에 우리 민족의 근원사상인 풍류도風流道를 정읍에 전해준 고운 최치원, 또 그의 풍류사상을 이어받아 「상춘곡賞春曲」이란 우리나라 최초의 가사 작품을 지어 몸소 풍류를 실천한 조선 초기 불우헌 정극인, 그리고 정읍 선비들의 충의정신을 모아 마침내 임진왜란을 물리친 충무공 이순신, 구국의 정신을 우리나라 최대의 혁명으로 불타오르게 한 동학혁명가 전봉준 등으로 이어지는 정읍사井邑史의 위대한 흐름을 그는 찬찬히 깊이 들여다보고 있다.

또한 시인은 이런 역사를 그저 들여다보는 데서 그치지 않고 "여보게나 잊지 마소 // 그대 또한 / 샘고을의 물방울 / 묵직한 걸음 남겨보세"라고 다짐한다.

이런 시적 표현은 시인이 궁극적으로 도달하고자 하는 '하늘'에의 꿈이 결코 추상이나 상상의 차원이 아니라, 분명한 역사적 인식과 실천의 지평에서 나오고 있음을 보여준다.

다음은 두 번째 방법 곧 '하늘'을 향한 실천적 상승의 방법이 구체화된 시 하나를 보자.

정해진 길로만 걸었네
한눈팔지 않고 걸었네
목적지는 없었지만
이 길이 갈 길이라 믿고
우직하게 걸었네

어느 비 오는 날
다른 길을 걸을 수도 있다고
누군가 계속 속삭여오네
갈 길이 아니라고 외쳐도
그리 갈거라 그러네

정해진 길은 없다지만

속삭임은 귓전을 맴돌며

심연 속의 새싹에

쉬지 않고 물을 주네

　　　　　　　　　—「새싹 기르기」 일부

시인은 '하늘'을 향한 길을 가기 위해 마음속 깊은 '심
연'에 '새싹'을 심어놓고, '쉬지 않고 물을 주고 있다.
"정해진 길은 없지만 / 속삭임은 귓전에 맴돌며 / 심연
속의 새싹에 / 쉬지 않고 물을 주네"라는 표현에서 잘
나타나고 있다.

그가 마음속 깊은 곳에 심어 쉬지 않고 물을 주는 '새
싹'은 그의 부단한 물 주기 노력으로, 시골 마을 동구에
서 있는 수백 년 묵은 당산나무와 같이 신성한 우주목
宇宙木이 되어, 마침내 그가 도달하고자 하는 그 '하늘'에
닿게 될 것임을 우리는 눈치 채게 된다!

세 번째 방법, 곧 사계절의 순환에 의지하는 그의 시
의 시적 방법은 이 시집 전체의 배열 방법에서 쉽게 파
악할 수 있다. 즉, 이번 시집의 시편들은 봄, 여름, 가
을, 겨울의 사계절 순환 순서에 따라 정리되어 있으며,
이에 따라 〈1부―봄〉 편에는 「팔십억 개의 세계」를 비

롯한 15편의 시, 〈제2부—여름〉 편에는 「가려진 하늘을 보며」 등 총 22편의 시, 〈제3부—가을〉 편에는 「황금빛 꿈」 등 총 23편의 시가 실려 있고, 마지막 〈제4부—겨울〉 편에는 「눈꽃」을 비롯한 총 17편의 시가 놓여 있다.

이런 배치 방법은 그의 시적 탐구와 표현의 방향이 불변하는 자연 순환의 이치에 토대를 두고 있음을 알게 한다. 즉, 그의 시들은 궁극의 '하늘'에 도달하기 위해 마치 사계절의 순환 속에서 작은 '새싹' 하나가 수백 년 동안의 거센 비바람과 한서의 고통을 이기고 마침내 그 끝이 아득한 '하늘'에 닿듯이, 이윽고 그가 추구하는 지고의 '하늘'에 닿게 되리라!

마지막으로, 그의 시가 추구하는 숲 곧 자연을 통한 '하늘'에의 실천 방법이 어떻게 시화되고 있는가를 보자.

한 잎 두 잎

바람결에 떨어지는

샛노란 은행잎처럼

온몸에 쌓여 있던

세월의 때도
조각조각 흩어져
바람결에 날아간다

풍요의 어머니께서
다 주신 줄 알았는데
세월만 아니 주셨구나

시간이 흐른다는 건
익어간다는 의미이니
슬퍼하지 말자

저 높은 곳
비밀의 계단을
차근차근 올라보면
멀지 않은 곳에서
구원의 손길과 마주하리라

—「세월아 세월아」 전문

이 시는 '은행나무'를 노래하고 있다. 여기에서 '은행나무'는 유한한 세월/시간 속에서 해마다 '세월의 때'를 벗겨내듯이 가을이 되면 수많은 은행잎을 바람결에 흩날리고 서 있다. 그러나 그런 유한한 시간 속에서의 은행나무의 삶은 무의미한 것이 결코 아니며, 시인이 마침내 도달하고자 하는 하늘의 '구원의 손길'과 마주하게 되는 지난한 성장의 과정으로 표현되어 있다. "저 높은 곳 / 비밀의 계단을 / 차근차근 올라보면 / 멀지 않은 곳에서 / 구원의 손길과 마주하리라"라는 마지막 구절이 그것을 말해준다.

4

이제, 김인태 시의 탁월한 '눈대목' 몇 편을 보고 우리의 얘기를 마치기로 하자.

온 천지 우윳빛 눈꽃들이

하늘 끝에 매달려

몸을 부르르 떤다

온갖 것들이 가까이 하려 하지만

단호하게 저리 가라 호통치고,

한 걸음 한 걸음 다가 갈수록

하얀 꿈들은 점점 더 멀어져간다

모든 빛들을 튕겨낸 눈꽃들은

어둑한 손길을 뒤로하고

대지의 품으로 안긴다

희망은 위험 속에서 꽃이 피고

두려움이 없는 자들에겐

그 얼굴을 생생히 보여준다

— 「눈꽃」 전문

순수의 절정인 '눈꽃들'이 하늘 끝에 매달려 몸을 부르르 떤다. 이 시의 시적 자아는 '순수'의 절정에 다가가려 애를 쓰지만, 순수의 꽃들은 '하늘'이 우리에게 늘 그런 것처럼, 가까이 다가가려고 하면 할수록 더욱 더 멀어져간다. 그리고 그 눈꽃들은 시적 자아에게 '모든 빛들'을 보여주고는 마침내 대지의 품에 안긴다.

이 대목에서 천상의 순수인 '눈꽃'이 지상 대지의 품으로 안기는 모습을 바라보는 시적 자아는 마침내 그 순수의 비밀을 본다. 즉, 하늘의 순수 절정인 '눈꽃'은 하늘로 날아 올라가는 것이 아니라, 마침내 대지의 품에 안기는 것이다. 시인은 천상의 순수 절정이 사실은 지상을 향하고 있음을 본다!

이 '비밀' 곧 천상적 절대 순수의 표상인 '눈꽃들'이 비순수의 지상 대지의 품에 안긴다는 것은 '눈꽃'으로서는 매우 '위험한' 실행이다. 왜냐하면, 그것은 자기 자신의 속성과 반대되는 더러운 지상 대지의 품에 자신이 안기는 것이 되기 때문이다.

시인은 곧 '위험하고 위대한 비밀'을 이 대목에서 보고 있다. 마침내 시인은 다음과 같이 노래한다. "희망은 위험 속에서 꽃이 피고 / 두려움이 없는 자들에겐 / 그 얼굴을 생생히 보여준다"

이 시인의 '희망'은 '하늘'의 순수에 도달하는 것이다. 그런데 그 순수 절정의 표상인 '눈꽃'이 그와는 반대되는 비순수의 대지 품에 안기는 모습을 보며, 시인은 마침내 그런 '위험' 속에서만이 자신의 순수 궁극에의 추구가 '꽃 핀다'는 것을 깨닫게 된다.

그런 위험 곧 '눈꽃/순수/자아'가 '대지/비순수/타자'를 포용하고자 하는 지극히 위험한 실천을 감행하는 자, 곧 '두려움이 없는 자들'에게만, 진리/진심은 "그 얼굴을 생생히 보여준다"는 것을 시인은 이 '눈대목'에서 분명히 깨닫고 있다!

5

여기까지가 '눈꽃'의 시인 김인태가 도달한 중간 절정이다. 앞으로 이 '위험한 시인'이 다시 어떤 더더욱 '위험한 모험'을 감행할지는 우리가 함께 따뜻한 눈과 마음으로 지켜볼 일이다. 이 위험한 모험 여행은 우리가 함께 더불어 살고 있는 이 땅의 신화·역사·문화를, 이런 드높은 창조의 비밀스런 지평에서 어떻게 새롭게 융합하고 실천하는 가에 따라 달라질 것이다.

이런 '위험한 시인'이 우리 곁에 살고 있다는 것은 참으로 행복한 일이다. 앞으로, 우리도 함께 이 위험한 시인의 행로를 따라 더욱 더 위험해지기로 하자.